Pensées
sur le large de mes rêves

Agathe Ferraton

Pensées
sur le large de mes rêves

Nouvelle

LE LYS BLEU
ÉDITIONS

ISBN : 979-10-377-7674-7

Je dédie ce livre à Maxence,
pour la force et le courage qu'il m'a donnés
pour publier cet ouvrage

Depuis que l'on se revoit, je ne vois que toi. Je pense à toi si fréquemment que ça en devient gênant. Je suis comme prise au piège dans une chanson éternelle sur le chemin de nos voix qui s'entremêlent et de nos sourires échangés entre deux regards timidement liés.

Je sens ton parfum dans mes souvenirs déchirés par l'amertume du passé.

Tu m'as quittée un soir d'été, trop isolé dans tes pensées. Aujourd'hui, je te retrouve et mes sens reprennent vie. Un à un. Sur l'océan de mes rêves, je te retrouve, je te revois. Ici un baiser, de l'autre une caresse sur la joue, un rêve érotique aussi. Quelle honte ! Quand je pense à ce qui se passe dans ma tête, je ris aux éclats. Pourquoi est-ce si dur et si doux à la fois ? Que peut-il se passer pour que tu y aies posé la moindre étincelle de changement ?

Je n'arrivais plus à écrire ne serait-ce qu'une ligne et voilà qu'en pensant à toi, j'en écris des dizaines. Toi et ton couteau que tu enfonces de plus en plus dans ma plaie.

Hier, tu étais doux, aujourd'hui tu es froid et distant. Tu me manques et c'est regrettable parce que c'est à nouveau toi qui pars. Pas d'au revoir. Je pars trois mois sans pouvoir t'appeler ou te dire que je pense à toi. Je sais que je rêverais de toi, mais simplement parce que j'en ai envie. C'est la seule chose qui me maintient éveillée lorsque j'ai le blues et que tu es à mes côtés. Tu sais que je vais mal, mais tu ne sais pas quoi faire parce que c'est dans tes gênes.

Le retour arrive, mais tu ne seras pas là. Je ne te serrerais pas dans mes bras. Même ton âme ne s'attachera pas à moi. J'ai sombré dans une atmosphère où même tes sens n'ont pas de sens. Tu t'évaporeras de mes pensées et de mes visions fantastiques. Tu ne seras qu'un souvenir. Le fruit de mon imagination. Et tu quitteras mes nuits comme tu as quitté ma vie.

Je ne suis pas ton genre. Une fille. Et puis quoi d'autre ? Pour toi, le mot « tentation » n'a pas de sens. Pas plus que tu ne trouves de sens à ta vie. Nous sommes différents par les choses qui nous assemblent. Nous avons tout en commun en étant trop différents. Mais comment te dire que c'est ce qui m'attire tant chez toi ? Ton côté sombre et mystérieux me terrifie autant que je le désire.

Ton sourire et la tendresse qui se lisent dans ton regard lorsque tu plonges au plus profond de mes yeux. Je ne saurais dire si je pourrais encore y résister. Sans compter le fait que j'ai oublié que nous allions nous quitter d'ici quelques jours. Je pleurerais comme j'ai déjà pleuré. Mais les larmes n'y feront rien. Tu me manqueras et je resterais cette inconnue dans ton cœur.

Je me supplierais de tenir, d'entretenir cette flamme. Mais le feu finit toujours par s'éteindre. Et je perdrais cette étincelle une nuit sur le bout d'une cigarette.

Un jour, tu me souriras et je verserais des larmes sans rien t'expliquer. Je me réconforterais dans le creux de tes bras pour y sentir ta chaleur une dernière fois.

Je me sentirais unique une dernière fois. Je serais nostalgique et je te donnerais tous mes regrets. Tu les prendras comme un papier à jeter à la poubelle. Tu m'oublieras, moi et mes sanglots. Moi et mes émotions trompeuses.

Tu me dis que tu te fiches de tout et je te crois. Tu ne trouves aucun sens à mes mots. Comme si tu comprenais les tiens ou même ton existence… Je voudrais parfois que je sois une « vraie » inconnue et que tu t'intéresses à nouveau à moi comme tu l'as fait avant. J'aimerais revenir au jour de notre rencontre.

Tes cheveux courts et bouclés, ton air timide et discret. Le mystère et la tendresse dans tes sourires et tes yeux profonds où j'ai pu me noyer des millions de fois.

Tu me manques. Qu'est-ce que je peux y faire ? Je n'y suis pour rien. Je pense à toi, je me perds pour toi, pour moi. Enfin, je ne sais plus. Tu me hantes et j'en fais des cauchemars. Des cauchemars ? Des rêves irréalisables… Je pense aux goûts de tes lèvres inlassablement. Je pense à nos jeux idiots et les moments de joie que tu inities dans mon cœur. Suis-je si impuissante face à toutes ces choses qui pourtant me rendre si forte ?

Tu t'en rends compte ? Non, tu es trop perdu en toi pour comprendre. Alors, comment vouloir prétendre t'intéresser à moi ? Tu ne penses plus à moi. Le moindre de mes messages ne te laisse qu'indifférent. Je veux malheureusement te voir. T'entendre. Murmurer doucement dans le creux de ton cou que je te veux. Que nous revoir ne me fait qu'espérer des choses impossibles. Je voudrais que tu comprennes ou ne serait-ce que tu entendes. Juste une fois. Que je suis complètement dingue de toi.

Je pense qu'il est temps que je t'efface comme toi tu m'as effacée. Je ne peux m'y résoudre. Je brûle de désir intérieurement et je ne peux faire taire mes émotions. Cette flamme, ce feu ne cesse de s'amplifier dans mon corps. Tu n'imagines pas combien cet incendie me consume et me dévore. Tu ne vois pas. Les cris et les pleurs. Je hurle, mais aucun mot ne sort de ma bouche. Ils se bloquent dans les ruines de mon cœur.

Je gâche notre amitié. Je nous gâche, nous. Et je me gâche moi.

Hier, je t'ai vu et pendant une seconde. Une seconde. Mon cœur a explosé. Ce n'était pas des battements, mais bien des explosions de joie perdues dans mes angoisses. Je suis partie le sourire aux lèvres. Puis tu ne m'as plus répondu. Les messages sont en attente, non lus. Et moi, derrière mes écrans, je pleure. Je verse des larmes en pensant à te serrer dans mes bras.

Je n'arrive jamais à défaire mes yeux de toi. Ils sont complètement bloqués sur ta personne et ce qu'elle représente à mes yeux. Un garçon empli de mystère qui me sourit avec une profonde expression dans les yeux.

Et cette expression que puis-je lui reprocher ? Tu n'es peut-être même pas au courant qu'elle est là. Je pourrais la regarder indéfiniment. Pourtant tu m'évites et ça me fend le cœur. Je redeviens fragile et sans importance pour ma propre personne.

Comment reprendre le contrôle de mon âme si elle est déjà désespérément occupée à lier la tienne à la mienne sans réel changement ?

Je ne vais pas y arriver. Comme si je n'y arrivais déjà pas. Comme si c'était si simple. Tu me manques et ça me brûle.

Deux messages. Deux messages. Après trois appels non pris. Deux messages seulement.

Je suis une imbécile. On ne pourra pas se revoir avant que je parte… Je t'aurais pris une fois dans mes bras avant de ne plus te voir. Une seule fois. Une journée où j'ai fini par avoir un coup de blues si intense que j'ai dû partir en te laissant toi et notre ami. Alors que l'on a passé un très bon moment. Depuis, je n'ai plus eu de nouvelle. Je t'ai vaguement croisé à ton travail. Et c'est la dernière fois que je t'ai vu. Un sourire plein de tendresse sur le visage, bien dessiné derrière ton masque. Ton regard a tant parlé ce matin-là. Il était doux. Comme à chaque fois que tu plonges tes grands yeux sombres et intenses dans les miens.

Déjà une semaine et toujours pas de nouvelles… Les jours passent et je finis par croire que je me lasse. C'est contre mon gré que je refuse de t'appeler et de t'écrire. Il n'y a pas de sensation plus atroce que de se sentir trahi alors même qu'il ne passe rien entre deux personnes. Le temps défile, et mes rêves se détruisent sur l'océan de mes peurs. Plus il s'écoule, plus je sens mon cœur chavirer dans les méandres de mes larmes.

Les heures glissent entre mes doigts et je sens que tu ne penses même pas à moi. Je t'imagine me prendre dans tes bras, mais mon cœur ne bat même plus. Dans ma poitrine, rien ne tambourine. Tout me chagrine. Je suis patiente, j'attendrais et je souffrirais. Je n'ai jamais guéri. Le coup de foudre m'a frappé et je n'ai pu oublier tous les sentiments qui nous ont liés. À moins que ce ne soit les miens si ce ne sont les tiens. Tu ne m'as peut-être jamais aimée. Peut-être as-tu simplement été tenté par quelque chose qui t'a toujours semblé impossible à atteindre : le bonheur.

Le bonheur ? Je ne sais même pas si ce mot fait partie de ton vocabulaire. Être heureux ça ne veut rien dire pour toi. Tout perd son sens avec toi. Les choses ne riment à rien. Tout est clair puis sombre sans raison valable. Rien ne correspond à ce qu'il s'est produit les jours précédents. Les mots, les regards, les expressions sont différents. Toutes ces choses que l'on pensait comprendre sont remises au néant. Rien n'est plus comme hier, et demain est incertain.

Comment peux-tu m'oublier comme si je n'avais jamais existé ? Je suis persuadée que tu me répondrais que tu ne sais pas, d'un air de dire que tu n'en as rien à faire parce qu'au final c'est vrai : tu n'en sais rien et tu ne veux même pas essayer de comprendre. Tu ne réagis pas. Rien ne t'affecte plus que tes propres pensées plus sombres que les miennes. Tu mens sûrement pour dire que tu ne t'en fous pas. Mais je sais bien que tu ne m'apprécies pas vraiment. Alors, pourquoi je ne te laisse pas partir comme avant ? Parce que j'ai décidé que cette fois-ci je ne te perdrais pas. Je ne te laisserais pas tomber deux années supplémentaires. Tous ces jours où je t'ai oublié. Où je ne pensais pas à toi. Ces jours où, toi non plus, tu n'as pas pensé à moi.

On s'est abandonné pour des raisons qui nous sont propres. Toi, pour te morfondre et te renfermer sur ta petite personne comme tu l'as toujours fait. Moi, pour oublier les sentiments qui m'avaient frappée.

Je ris. Un rire léger. Un souvenir d'il y a quelques semaines me vient. Tu te demandais pourquoi les gens t'aiment. Et combien ils étaient idiots de penser que tu allais partager leurs sentiments en retour. Ou même que ça aurait pu marcher. J'ai répondu vaguement qu'il fallait les laisser taire. Mais je savais quoi répondre. Pourtant, ma réponse en aurait déjà trop dit sur mes sentiments. Je t'aurais simplement répondu que ce n'était pas idiot, mais que les gens comme moi voyaient quelque chose de bon en toi, et que j'aurais donné n'importe quoi pour devenir celle qui pourrait t'ouvrir pour comprendre qui tu es.

Maintenant que j'ai mis ça au propre, je me sens idiote. Idiote de ne pas avoir été là, avec toi, ce dernier jour où j'aurais pu te prendre dans mes bras. J'ai attendu dans ma voiture, sous la pluie. Mais rien. J'ai attendu que tu viennes, que tu me répondes. Toujours rien. J'ai perdu espoir comme je t'ai perdu toi. À nouveau.

Aucune nouvelle. Pas de messages, pas d'appels. Rien que le silence. Un point, pas encore le final. Je n'ose plus t'envoyer de messages, car je sais que tu ne répondras pas. Tu m'oublies avec le début des premiers jours d'automne. Je ne cherche même plus à t'écrire ou à te parler. Je suis tellement blessée que je ne peux même pas savoir réellement ce qui me met dans cet état-là.

Je n'avance pas. Je stagne. Je repasse en boucle nos souvenirs, un à un sur le large de ma mémoire. Je m'efface dans les moments les plus doux de notre rencontre. Tu me manques. C'est si fort et si léger à la fois. Tu me dis que tu n'es qu'un crétin et je te crois : tu n'es qu'un imbécile. Je suis si stupide de croire que tu ne m'effaceras pas d'un seul souffle de ta cigarette. Tu ne me laisses pas le choix. Tu ne me laisses que ce choix. Celui de croire que tu ne peux que m'oublier.

Tu ne me laisses même pas le temps de penser à mes propres intérêts. Pas même à mes plus sombres cauchemars. Et je hurle, si tu savais. Mais tu n'entends rien. Pas même le murmure de ma voix dans le creux de ton âme. Je suis si fragile et si douce. Tu m'inspires tout en m'attirant et je ne peux pas te dire à quel point ceci est enivrant. Je me laisse couler sur les flots de mon imagination tout en pensant à tous les plaisirs que me délivreront tes pensées un jour.

Je pense définitivement à t'oublier quelques fois. Mais la douleur me rattrape et je ne suis que l'ombre de mes propres ombres. Tout en imaginant la crainte que celles-ci m'inspirent. Et pour peindre le plus beau des tableaux dans ma tête je pense à la mer et je m'évade au détriment de mes envies.

Je t'envie pour ton dégoût de la vie parfois. Sûrement parce que je n'arrive pas à me faire une idée de la vie et de son destin si incertain.

Je me noie dans mes larmes et mon chagrin immortel. Tu n'en viens même pas à imaginer ou bien comprendre mes sentiments. Déjà difficile de comprendre les tiens derrière ton mystère et tes paroles sanglantes.

Je te revois, le sourire aux lèvres derrière ton masque. Ton existence douteuse dans les yeux et ta douceur accrochée sur tes lèvres. Tu voudrais m'épargner toutes les souffrances que tu m'as faites. Mais il est difficile pour toi de demander pardon. Surtout quand tu doutes et que tu ne sais qu'être incertain sans jamais te dire que tu as raison ou que tu ne devrais pas t'en vouloir de ne rien vouloir.

Je voudrais que tu sois heureux. Heureux une fois ou plus si possible. Je sens que tu ne te bats pas. Tu t'étouffes. Tu t'asphyxies. Tu somnoles dans tes ombres et tes cauchemars. Touché par tes cicatrices que tu touches pour te souvenir de ta douleur.

Tu souris, tu ris ? Qu'ai-je réussi à toucher au fond de ton âme bondée de tristesse ? Ton éternel enfer serait-il en train de se détourner de sa voie ? Le noir et le rouge sur les murs de ta prison cérébrale seraient-ils en train de virer au clair et au réel ? Je peux t'aider. Te détourner de ton chemin poussiéreux et sombre. Je te tends enfin la main après tout ce temps. Accepte de la toucher. De la prendre, de la serrer et de ne pas la lâcher.

Je n'ai plus de temps à perdre. Les jours s'écoulent un à un sur le large de mon avenir échoué sur le sable de mes rêves. La mer s'évapore et les larmes défilent. Le temps est irremplaçable. Il défile, se disperse dans l'espace et ses merveilles. Je ne vois pas ça comme un adieu, mais comme un espoir dessiné entre les nuages.

Poussiéreuse et définie, ton âme s'échappe par confusion. Tu me laisses. Définitivement. Tu m'enivres et m'attires malgré le mal que tu m'infliges. Rien de plus admirable venant d'un connard comme toi. Je crois que mes seules envies sont réduites à un câlin et un adieu décisif. Qu'est-ce que tu en penses ?

J'essaye de faire défiler les souvenirs et de les comprendre. Mais comment comprendre l'incompréhensible ?

En fait, je crois que je n'en ai plus rien à foutre… Ça me désole, crois-moi, mais on dirait une gamine dans le déni parce qu'elle ne sait pas finir un seul putain de livre de sa vie. Et qu'en plus, elle n'est pas foutue de te dire ce qu'elle ressent. Je ne sais même plus si je ressens quelque chose.

Ton parfum et la chaleur de ton corps me dévorent et me consument tout en faisant brûler mon âme à petit feu. J'ai oublié le goût sucré et amer de tes lèvres. Seul le goût de la dérision et de tes ombres m'est resté. Je ne fais que m'en attacher à chaque instant.

Je dramatise et c'est sûrement bon pour moi et mes remords. J'aurais préféré que tu me tiennes contre toi encore quelques minutes. Heures ou mois… Je ne sais plus.

La noirceur de ton âme et ses convictions me manquent. Je sens une onde de bonheur me faire fondre lorsque je pense à nos regards liés pendant un moment d'absence. Chacun perdu dans son monde déchu. Rien à voir avec ce qu'on vit. Juste un moment d'absence. Un moment où je perds pied et où tu me rattrapes dans les ténèbres de nos deux univers enfumés par le passé.

Tous ces mots me déchirent instantanément et j'en viens à croire que ce n'est que mon imagination qui me détourne de ta route. Peut-être que tu n'es pas fait pour moi. Que je me fais des films ! Des moments d'émotions où je crois tout contrôler alors que c'est à peine si je contrôle mon cœur et son tambour incertains.

Tous ces bruits me détruisent et j'en déduis que je ne suis pas celle qui se venge, mais celle qui prend. Prends en charge le bruit assourdissant de mes pensées et leur terrible secret. Je suis si faible et si dérangée. Je me pose tellement de questions. Je déteste ça.

Bien que je me fiche de ce que l'on pense de moi, je me sens si touchée par tous ces mots et ces choses horribles que l'on peut dire sur moi. Je n'arrive pas à faire taire les voix et les murmures des personnes qui me font me sentir si détestable. Je n'ai pas quitté mon ancienne vie pour en recommencer une similaire. Je voulais être bienveillante. Je me trompais. Je ne suis qu'une gamine naïve sans défense. Mon aura, aussi fort qu'un papillon, ne m'offre pas le pouvoir de me battre pour les valeurs qui sont les miennes. Un battement d'ailes pour combattre jalousie et haine. Je me sens si seule et si faible face à ces choses atroces. Ce sentiment de gêne et d'amertume lorsque je sens les larmes et la douleur embuer mes émotions.

Tu me manques c'est vrai, mais rien ne m'empêche de penser que l'on puisse se retrouver. J'hésite chaque jour à te rejoindre. À t'avouer combien la campagne et les champs de tournesols me manquent lorsque j'y pense. Et te dire que tu comptes pour moi, pour nous, pour tous.

J'ai toujours rêvé de t'entendre me dire que tu me désires. Que tu avais envie que je fasse partie du monde de tes démons. Que tu me livres ton enfer. Mais il n'en est rien. Tu te méfies de moi. Tu m'abandonnes une nouvelle fois. Tu oublies tous ces moments que nous avons partagés. Tu te laisses porter par le flot de tes émotions sans fond. Un horizon de pensées sombres et de douceur amère.

Tu me demandes de ne rien dire. De ne plus penser au feu qui me consume de l'intérieur. Mais c'est la lumière de ta cigarette qui brille dans tes yeux qui se délecte de mon enfer.

Je ne pensais pas qu'il y aurait la moindre étincelle entre toi et moi. Aussi minime quel qu'elle soit, elle n'a pas durée. Le feu s'est consumé en quelques nuits.

En quelques heures sensuelles et existentielles. Le feu n’a pas eu le temps de s’allumer. Une vive flamme nous a liés dans le noir et les abîmes de ton regard. Un baiser, une larme et une caresse. Une âme sans fond où la nuit elle-même s’est noyée. Le silence nous a réunis et l’espoir s’est enfui. Le feu se dissipait déjà dans le crépuscule naissant. Puis, le soleil s’est levé et le rêve s’est assombri. La lumière m’a éveillé et tu avais disparu. Tu avais quitté mes draps en me laissant un mot. Un poème, *dark as your soul…*

« Une morsure et je suis dingue de toi, mais les mots ne suffisent pas et je ne sais plus comment en finir avec moi-même. » DCB.

Tes mots n’ont jamais cessé d’être durs et froids. Je peux encore sentir un frisson parcourir mon échine. Me traverser les côtes et rejoindre ma nuque. La chaleur de la nuit dernière s’est évaporée et tes propres ombres me quittent au travers des rayons naissants. Tu as consumé ce désir ardent comme la dernière bouffée d’une cigarette. Je revois pourtant la flamme du briquet éclairer ton âme obscure. Le temps d’une seconde, tu as brumé ma vue. Tu m’as embrassé. Tu m’as mordu la lèvre inférieure et tu m’as serré contre toi. Juste assez pour que je puisse t’observer dans l’obscurité. J’ai fumé sur ta cigarette avant de la jeter par la fenêtre. Tu t’es tourné. Indigné. J’ai pris ton visage entre mes mains en rejetant tes mèches rebelles. Tu n'as pas attendu une autre seconde avant de te coller à moi. Une main dans mon dos, une autre glissée sous mes fesses. Je t'ai embrassé à mon tour sans réfléchir. Mais je ne saurais dire lequel de nous deux à succomber le premier.

Tu n'as pas déboutonné ma chemise. Tu l'as déchirée en faisant éclater les boutons. Tu as dévoré mon cou et l'as mordu à plusieurs reprises. Puis tu as saisi mes hanches pour me déplacer sur le rebord de la fenêtre. Tu as glissé tes mains sur mon corps en remontant jusqu'à mon cou tout en m'embrassant. J'ai baissé la garde et je t'ai laissé connaître mon monde. Plus je t'embrassais, plus je succombais. Mais ton corps me hurle de le sauver. De le guider. Alors, j'ai saisi ton t-shirt pour le retirer tout en sachant que les ennuis allaient commencer.

Les baisers se sont transformés en souvenirs amers et les caresses ont agi comme des flashs.

Tu m'as serré contre toi. Après ces longues heures délicieuses, tu ne m'as pas lâché. Pas une seule fois.

Je n'ai pas dormi. J'ai attendu. Entendu ton souffle régulier pendant que je renouais les souvenirs de ce moment. J'ai vibré ce soir-là. J'ai senti quelque chose au fond de moi. Je n'étais plus seule, l'espace d'un instant. Pourtant, sur les coups de 5 h du matin, le sommeil m'a frappé et c'est toi qui t'es éveillé. Tu m'as embrassé en câlinant mon dos nu. Les rôles se sont échangés et tu es parti. Sur les coups de 8 h. Pas plus tard. Pas plus tôt. Tu m'as laissé à mes tristes songes.

Aujourd'hui, pas de messages. Aucun contact, tu n'étais même pas au travail. Le jour s'est assombrit et la pluie m'est tombée dessus. Je suis passée près du café au coin de la rue : c'était fermé. Je suis montée dans ma voiture et j'ai roulé. Je ne t'ai pas aperçu. Je me suis perdue sur les routes, près du lac. Puis je me suis arrêtée sous un arbre, je suis sortie de la voiture. La musique dans les oreilles. J'étais trempée jusqu'à l'âme. Je pouvais attraper froid. Mais je suis restée là longtemps. Jusqu'à percevoir un rayon de soleil.

Je suis rentrée à la maison et tu m'attendais là. Les cheveux mouillés et collés sur le front. Toujours vêtu de noir. Je sais d'où tu tiens ton charme. Je me suis approchée, réticente. Mais tu n'as pas hésité à me montrer que ce n'était rien. Cette fois-ci, je sais que c'est moi qui ai succombé. Je t'ai sauté au cou et t'ai embrassé. Tu m'as pris dans tes bras. Je n'ai jamais rien demandé d'autre.

Le temps file. Maintenant, ce ne sont que de stupides souvenirs.

Tu me fais parfois penser aux personnages de Tim Burton. Grand et sombre. Seulement du noir ou des couleurs très foncées. Les cheveux mal coiffés parce que tu as la flemme. Comme toujours. Tu te fiches des autres, même de toi. Tu ne prends pas vraiment goût à la vie. En réalité, elle te dégoûte. Tu sors, tu bois, tu fumes. Mais les seuls réels moments que tu aimes sont minimes.

Tu n'es qu'une esquisse. Un personnage piégé dans un jeu. Piégé dans ses ombres. Tu ne dis rien, tu avances en faisant les cent pas. Tu te laisses aller, c'est clair. Mais j'aime tes défauts, c'est vrai. Après tout, je crois que je suis assez stupide pour rester accrochée à toutes les personnes qui ne m'aiment pas en retour.

Le temps s'effiloche entre mes doigts. Les semaines défilent. Les jours s'écoulent. Et le départ arrive. Je vais revenir te voir. Voir ton sourire lorsque tu t'engouffres dans mon regard. La profondeur de tes yeux lorsque je m'y noie sans conviction. La douleur que tu m'infliges quand tu ne me vois pas. Les mots que tu penses, mais que tu ne dis jamais. Et le sens de nos vies en désaccord. Unie par nos différences, je te serrerais dans mes bras sans penser à mon retour « chez moi ».

Parfois, j'aimerais oublier ton nom. Même jusqu'à ton existence. Tracassée par le dégoût que tu m'inspires et le manque de confiance qui grimpe en moi. Tout ça pour quoi ? Pour des émotions qui dégringolent au plus profond de moi. La musique d'une oreille à une autre, je suis transportée par toute cette mélancolie. Ne m'accuse pas, tu es le seul responsable de toute cette torpeur. La douleur encrée dans la peau, comme une écharde au bout du doigt. J'aimerais ne jamais me réveiller. Mais tu m'as si souvent embrassé que je suis incapable de pouvoir me rendormir. C'est si long quand on y pense. Une éternité sans trouver le sommeil. Une vie entière d'insomnie et de douleur. La nuit, j'ai froid. Froid à cause du manque de toi. Pas la chaleur du chauffage, seulement la chaleur de l'angoisse. Des sons, des voix, des images qui défilent dans mon esprit à n'en plus finir. La sensation que tu touches ma peau à chaque instant. Et le souvenir de ce frisson qui m'échappe. Les voix se font calmes, le toucher se dissipe et les images s'assombrissent. Seuls restent mon menton qui tremble, mon nez rouge et mes yeux noyés.

Si je ferme les yeux, je somnole. Je suis plongée dans ce vide qui me submerge et je me console avec mes souvenirs. Je ne dors plus, mais je rêve. Je t'imagine. Cheveux noirs et regard sombre. La main tendue, comme pour me demander de la tenir. Je la saisis et je recommence ce cercle vicieux. Je devrais arrêter. Arrêter de croire en toi, et de te faire confiance. Arrêter de te donner raison. Lundi, on se retrouvera. Je ne te sourirais pas. Je ne t'approcherais pas, tel est ton souhait. Tels sont tes désirs. Je te laisse à tes nouveaux horizons. Mais tu ne sers à rien. Tu ne fais rien qui puisse changer. Tu me lâches la main ? Tu ne me la tends plus. Tu la rejettes et moi aussi.

Je suis cachée, gâchée par toutes ces longues heures délicieuses. À croire que nos souffles s'accordaient, que nos lèvres se soudaient. Rien de tout cela n'était vrai.

Je n'ai pas oublié la chaleur de tes mains lorsque tu me tenais contre moi. Quand tu ne voulais pas me lâcher et que tu m'aimais ne serait-ce qu'un peu. Aujourd'hui, je sens que les choses changent… Le mal t'emplit et tu ne penses pas à moi. Tu t'accroches pour me faire plaisir, mais je ne ressens aucun plaisir à me sentir délaissée. Je suis cette image pluvieuse de l'avenir. Ce frisson doux et amer de la vie. Je suis la douleur. À l'image de mon cœur assombrie par le désespoir.

Tu viens me retrouver la nuit. Tu m'aimes et tu te lasses. Alors tu ne restes pas, tu t'en vas. Tu ne veux plus de moi alors, pourquoi voudrais-je encore de toi ? Le sens même de la réalité m'en échappe. Je suis submergée par les émotions que je ne peux exprimer. Je ne veux même plus rester dans cette ville où je pensais faire mes études. Je ne veux plus sortir et je m'enferme. À l'image d'une relation toxique, je garde des séquelles. Je suis cet être dépourvu de sens, dans le néant lui-même.

Les souvenirs du passé défilent et s'élancent dans mon crâne. Les choses ne sont pas ce qu'elles sont vraiment, je te l'assure. Tu me manques, mais je ne te pardonnerais plus. Je ne te montrerais plus aucun signe d'affections. Plus de nouvelles, plus de problèmes. Des changements… Des changements s'imposent, j'en suis consciente. Pourtant je n'ai rien demandé ! Je t'aime et c'est fou. Je ne suis pas de celles qui se battent. Non au contraire, je suis fragile, sans carapace. Je m'égare et me dépasse seulement à chaque instant.

Tu me fais vivre, mais tellement souffrir. Je suis indépendante, mais dépendante de ton amour. Indépendante dans la réalisation de mes rêves et ce livre sera de loin l'un des plus profonds que j'aurais écrit. Je ne peux écrire dans ma tête, le papier coule à flots et les sentiments sont indescriptibles. Ici, ils s'alignent parfaitement un à un sur ce torchon de pleurs et de souffrance.

La souffrance… Oui. La souffrance, ou plutôt celle que tu m'infliges imitant ces mots.

J'aurais pu écouter mes sens et te livrer la vérité. Pourtant on se connaît si peu. Je suis si touchée par tes réactions inexplicables et le feu qui se dégage de nos émotions lorsque l'on s'embrasse. Les mots deviennent trop longs et le silence nous aspire dans les ténèbres de nos désirs. Je sais que tu ne ressens plus ces choses. Ce frisson sans fin sur les décombres de notre amour. La puissance de l'amertume lorsque tu me regardes sans réellement me voir. Le dégoût que tu m'offres lorsque tu trouves refuge dans le voile de tes émotions. Quand tu freines tes avances et qu'elles finissent par disparaître.

Je ne ressens plus la tendresse et l'affection. Je suis divisée par le chagrin et ta présence qui résonne comme une absence profonde. Le sens même du mot présence comme un écho au fond de moi. Pas d'envie particulière. À part une solitude inquiétante. Un son, une voix, un souvenir. Et puis quoi d'autre ? Une ombre ? Une épave poussiéreuse au fond de mon âme. Je ne sais plus. Le temps m'échappe, il me manque. Tu me manques.

Le manque de ces détails qui te rendent si unique. Une touche de noir et de nuages à l'horizon. Je ne te reconnais plus sans paroles. Tu me laisses. Assommée par ces pensées amères. Des envies de vengeance dans la tête. Des idées noires à l'image du paysage matériel qu'est ton esprit. De nouvelles ondes et des pensées éphémères comme lorsque j'essayais d'attraper des papillons.

Je t'ai revu. Enfin. Je t'ai vu.

Tu me serres dans tes bras, tout contre toi. Je suis submergée par toutes ces tendres émotions. Tous mes songes s'éloignent. Tu me souris, tu me parles. Je ne prends plus le mal que tu me fais personnellement. J'ai compris. Je sais que tu es comme ça naturellement. Tu veux cette solitude, tu la cherches et tu la trouves. Je te pardonne tout, inconsciemment. Je te voulais et je t'ai eu. L'espace de 10 minutes, la peine des derniers mois s'en est allée et j'ai compris. Tu ne me détestes pas. Au contraire, tu m'apprécies. Tu me connais et tu me comprends. Je repense à ces fragments d'étincelle dans ton regard et mon cœur se serre à l'idée de m'éloigner à nouveau de toi.

Quand tu es arrivé, mon cœur s'est soulevé. Les souvenirs amers se sont échappés et soudain, j'étais heureuse. Les incertitudes et les soupçons m'ont quitté comme s'ils n'avaient jamais existé. J'ai retrouvé ce que l'on appelle le bonheur. Celui de ta compagnie et de ton sourire calme et apaisant. Tes cheveux attachés en un chignon bas, juste ce qu'il faut. Tu m'as regardée, reconnue et tu as souri bêtement. Comme on avait l'habitude de le faire. Un sourire doux. Un regard enflammé par nos retrouvailles. Deux âmes opposées en termes de direction, mais animées par un sentiment identique.

On avait tout en commun, mais on était trop différents. Différents de quoi ? On a tout en commun, et nos différences nous rassemblent.

Je voudrais te serrer à nouveau contre moi. Te dire que je ne suis plus la même et que je redeviens enfin moi-même après tous ce temps. Tu me souriras comme à ton habitude et j'adorerais ça.

J'avais tellement de choses à te dire. Seulement pas assez de temps pour te les compter. Tu viendras bientôt, à moins que ce ne soit moi qui ne revienne. Peu importe, on se retrouvera. On se regardera timidement, échangeant quelques mots puis nous rigolerons de cette situation catastrophique. Les habitudes et la simplicité de notre relation reviendront.

Une cigarette dans les mains, je regarde tes traits sombres et tes sourires chaleureux lorsque tu croises mon regard. Un pull chaud dans la nuit noire de novembre. Ton téléphone dans les mains, tu regardes mon épaule nue, seulement recouverte par mon débardeur. Tu la dévores des yeux. Je sais ce que tu veux. Mais je sais aussi que tu ne feras jamais le premier pas.

Les conversations reprennent et les sourires s'enchaînent. Je suis enfin heureuse. Le trac s'en est allé et je dépasse les attentes qui m'étaient données. Je suis certaine que le temps nous a liés d'une certaine façon et que les querelles des derniers mois se sont dissipées. Je ne suis plus attachée à nos souvenirs détruits par l'amertume. Je m'attache à l'image que tu m'offres de toi. Je te regarde et je sais que quelque chose a changé. Tu es différent. Tu m'acceptes à ma façon avec cette joie incontrôlable lorsque nos regards échangent des enfantillages.

Je me précipiterais dans tes bras pour clamer haut et fort que tu m'as manqué. Je te sauverais de tes démons pendant que je me noierais dans la profondeur de ton regard sans pouvoir y sonder le fond.

Les jours passent et l'amitié nous délasse. Les mots bougent et avec eux nos conversations sans limite. Les sentiments s'en sont allés. Le voyage est bientôt fini et avec lui le désordre et le brouillon dans ma tête. Les failles de notre jeunesse me quittent. Les souvenirs qui m'enchaînaient se sont dissipés. J'ai oublié la romance derrière nos textes sombres. Il ne reste que la douleur laissée par le passé. Une douleur presque intangible. Elle est oubliée parmi les débris de ce qui ressemble à ce que nous sommes réellement.

Je t'ai donné ta chance. Tu l'as saisie. C'est ton sourire. Celui qui brille dans ton regard qui m'a conquise. J'ai été subjuguée par la tendresse que cachait ton esprit sombre et mystérieux.

Encore un jour de plus et je ne me lasse pas de t'avoir contre moi.

Les choses ne sont pas cohérentes.

Ce soir, la soirée bat son plein. Les lumières comme des soleils dans les yeux, je les ferme pour mieux m'enivrer de cette sensation de liberté. La musique va faire exploser mes tympans, mais je m'en fiche. Rien n'est plus agréable que de voir sa vie comme un rêve rêvé. Tu prends ma main régulièrement. Une fois pour danser, une autre pour m'éloigner des garçons trop intéressés. J'aime te voir prendre soin de moi.

La nuit est encore jeune. Un tour en voiture, pas d'alcool. Une cigarette au bout des doigts. Une bouffée d'air frais sur les bords du lac. Un souvenir à m'en faire frémir. Des promesses, des caresses et des baisers volés. Je voudrais comprendre pourquoi tu te rapproches si dangereusement de mes lèvres. Si ce n'est l'alcool… Alors, que peux-tu réellement ressentir ?

Mes mots sont coupés par tes lèvres caressant doucement les miennes. Mes joues enflammées par le désir, je ferme les yeux. Incapable d'en faire plus. Je te laisse m'enlacer. Je voudrais te garder contre moi. Je brûle à petit feu entre deux baisers. Une main dans mon dos, l'autre dans mon cou. J'aime te sentir. Mais vais-je arriver à me retenir ? À contenir l'envie que j'ai de te sauter au cou ?

Non. Je n'y arriverais pas.

Si ce n'était qu'une chemise, j'aurais dit oui. Mais lorsque tu arraches une deuxième fois cette même chemise, je me dis que tu as envie de moi de la même façon que j'ai envie de toi. Ce qui est sûr, c'est qu'à la manière dont tu me serres contre toi, tu ne me lâcheras pas…

Les étoiles scintillent dans le ciel noir. Il est sûrement près de 3 h : 30 du matin, mais je ne veux pas que ce moment se finisse. Allongée sur un ponton de pêcheur, les yeux rivés vers les cieux, j'imagine des jours meilleurs. Blottis dans tes bras, ton sweat-shirt pour me réchauffer, on se raconte des histoires. Par moment, tu m'embrasses le front et caresses mes cheveux. Je mentirais si je disais que je voulais partir. Je n'en ai pas envie. Ta chaleur me manquerait trop.

Pourquoi ce genre de moment nous met-il toujours dans des situations de doutes comme celle-ci ? Demain, tu seras sûrement distant, alors que tu goûtais à mes lèvres il n'y a pas si longtemps. Je ne veux même pas y penser. Je sens déjà ma gorge se nouer et ma vision se flouter. Tu l'as senti… Tu sais que je me crispe. Tu sais que je respire un peu plus fort quand je sens mes angoisses et mes démons monter en moi. Tu le sais : tu as les mêmes. Tu m'embrasses, finalement jamais rassasié de mes lèvres. Je ne te comprends pas. Non : je ne t'ai jamais compris. C'est là toute la différence. Mais à croire que j'aime souffrir, je m'accroche à toi parce que je sens ces papillons s'agripper à l'essence même de ton âme. Et même tes actes montrent parfois le contraire, tes yeux n'ont jamais menti. Ni tes lèvres ni tes mains.

Encore une fois, je te sens. Je te sens me serrer contre toi alors que des larmes roulent sur mes joues. Je peux sentir les miennes et ce qui semble être les tiennes… Tu pleures ? Pourquoi ? Tu n'as presque rien fait à part être toi-même. Et même si tu devais changer, je ne voudrais jamais personne d'autre que Toi. Tu n'as donc pas compris, toi non plus ? Si je te veux si ardemment c'est parce que tu me plais. Tu as peur que ce soit moi qui m'en aille. J'ai envie de rire.

Tu quittes mes lèvres doucement et me libères de ton étreinte. Tu te lèves pour tremper tes pieds. 4 h du matin. Les pieds dans l'eau. Je te rejoins, pose ma tête sur ton épaule.

Immobile dans la nuit, main dans la main. Je m'endors et glisse sur tes jambes. Tu poses tes mains sur moi pour que je n'attrape pas froid. Tu parles tout bas. Tu chuchotes des mots. Tu caresses mes cheveux, passes une de mes mèches derrière mon oreille. Tu te penches, je ne t'entends presque plus. Je sens que je tombe de fatigue.

— Je t'aime…

Dans la nuit, je quitte ce monde. Je brise le silence pour le rendre plus silencieux. Pas un mot, seulement cette pensée *sur le large de mes rêves*. Parce que oui, je t'aime.

Imprimé en Allemagne
Achevé d'imprimer en novembre 2022
Dépôt légal : novembre 2022

Pour

Le Lys Bleu Éditions
40, rue du Louvre
75001 Paris

LE LYS BLEU
ÉDITIONS

www.ingramcontent.com/pod-product-compliance
Lightning Source LLC
LaVergne TN
LVHW020529160826
845677LV00015B/3975

* 9 7 9 1 0 3 7 7 7 6 7 4 7 *